FRANZ THEUER · T

Franz Theuer

THANATOS
UND
HIRTENFLÖTE

Gedichte

VERLAG DAS BERGLAND-BUCH
SALZBURG · STUTTGART · ZÜRICH

Mit Förderung der Burgenländischen Landesregierung
Kulturabteilung

ISBN 3 7023 0040 6

Gedruckt und gebunden bei R. Kiesel zu Salzburg
Printed in Austria

Die Gedichte

See und Heide

Aufgepeitscht vom Frühlingssturme
schäumen deine grauen Wogen,
reißen auf den Schlamm im
gelben Rohr und
brechen zischend an den
flachen Dünen deiner Ufer.
Einst, in rauhen Jännernächten,
starb dein Lied mit leisem Klirren
wie ein Möwenschrei auf
blankem Eis, und in den Winterstürmen
war der Trauer düstrer Chorgesang.
Weiß bedeckte dich ein Leichentuch aus
schimmernden Kristallen.
Sieh, jetzt wirft der Sonnengott die
ersten goldnen Speere in das
dürre Steppengras der Heide,
und getroffen von den warmen Strahlen
wacht der Krokus auf und träumt.
Leuchtend blüht er zwischen
ausgewaschnem Braun, und über ihm, im
Lerchenlied, ein gelber Falter,
der sich in den süßen Trillern
wie auf Honigblüten schaukelt.
Bienen summen um die kleinen zarten
Kätzchen eines alten Weidenstrauches,
und die Sumpfohreule klagt im
windgeknickten Rohr.
Heidefrühling: Farben, Träume . . .
Silberne Posaunen weckten
aus dem Winterschlaf das Leben
und die dürre Steppe grünt.
Wiesensalbei prangt in dunklem Violett,
Thymian und Nelken flammen rot,
und der Geißklee und das Leinkraut gehn in gelb,
wenn das Federgras, wie Mädchenhaar, im
Winde weht, ein Christusauge blüht und
dort und da, im blauen Ehrenpreis, die
ersten Königskerzen brennen.

Heide im Frühling

Krähen hocken auf den Zweigen —
Ach, sie sind noch zart wie Glas:
Früh erwachte Blumenglocken
läuten überm dürren Gras.

Fiebrig äugen schwarze Pfützen
aus dem braungefleckten Schnee.
Um die Pappeln blaut der Himmel
und der Föhn peitscht wild den See.

Purpurreiher hängen schräge,
Feuerbällen gleich, im Licht,
das sich in den braunen Wellen
wie in tausend Spiegeln bricht.

Wegerich beginnt zu sprießen,
Lattich grünt und Schachtelhalm.
Holder Wind singt auf den Dünen
einen österlichen Psalm.

Sieghaft lacht die weiße Möwe,
die mit schnellem Flügelschlag
durch die Strahlenfächer rudert.
Ihr gehört der schöne Tag.

Lächelnd geht der junge Frühling
durch das stille Heideland.
Seine Hand malt erste Farben
in den grauen Schottersand.

Steppensonne

Hoch über den Tümpeln
der Steppe, im All,
steht glühend die Sonne
wie roter Kristall.

Die Hitze rinnt siedend
wie rauchloser Brand,
versengend wie Lava
das grünende Land.

Die Windmühlenflügel
der Pußta sind tot,
und nur an den Mauern
klebt brennendes Rot.

Um kupfrige Lacken
verdurstet das Land
und Gras steht verwelkend
in Büscheln im Sand.

Der Blick folgt den Reihern
im flammenden All,
den brennenden Pfeilen
im roten Kristall.

Sommerabend

Wenn Pan die Hirtenflöte
vor seiner Grotte spielt,
verfärbt die Abendröte
der Heide stilles Bild.
Da brennen Silberreiher
im golddurchwirkten Licht,
das sich in See und Lacken,
in tausend Spiegeln bricht.

Und zu der dunklen Röte
im Chor ein Vogellied,
das vom verfilzten Schilfe
zur alten Csárda zieht.
Verglühend stirbt die Sonne,
der Feuerball, im See
und taucht den Sand der Dünen
in rotgefärbten Schnee.

In weißen Wolken gleitet
der Mond durch samtnes Blau
und macht die Schwärze schwärzer
und tiefer alles Grau.
Im Nachen sitzt der Fährmann
mit wallend weißem Bart.
Ich winke ihm. Er lächelt
und lädt mich ein zur Fahrt.

Er greift nach seinem Ruder,
peitscht auf das letzte Rot,
und die smaragdnen Fernen
durchfurcht mein Silberboot.
In uferloser Weite
erstirbt sein Ruderschlag,
und mit dem Lied der Lerche
erlischt der Sommertag.

Mit Tod und Traum am Arme
kommt Nyx in Glanz und Pracht.
Auf schnellem Rappen reitet
die Herrscherin der Nacht.

Ein Heer von tausend Träumen,
das folgt in bunter Schar,
drückt Sternendiademe
in ihr ergrautes Haar.

Und weil im Schattenreiche
die Abgeschiednen ruhn,
naht Thanatos, der bleiche,
mir leis auf seidnen Schuhn.
Warum soll ich nicht träumen
vom dunklen Abendrot,
das hinter Pappelbäumen
um weiße Wolken loht?

Ein wundersames Klingen
erfüllt die Sommernacht,
ein Dutzend muntrer Grillen
ist froh vom Schlaf erwacht.
Dazu ertönt das Unken
vom Schilf des Wassers her,
und Pan kühlt wonnetrunken
die Hufe sich im Meer.

Mystische Puszta

Gleich schneeweißen Perlen erhellen die Blüten
alter Akazien ringsum den Sand,
den Platz vor der Schilfhütte zwischen
den Bäumen, und über den Wolken
der nächtlichen Pußta hängt einsam der Mond.
Aus blauschwarzem Laub tropft die Schwüle
des Tags.
Ein Nachtfalter stößt aus den finsteren Schluchten
gewaltiger Kronen in sirrende Schwärme;
der Steppenbär jagt über silbernen Tümpeln.
Und lautlos, den Abend durchfurchend, die Buge
der goldenen Schiffe
mit Segeln aus nachtschwarzem Samt.
Kehrt Orpheus nicht traurig zurück?
Geheimnisvoll raunen die Wasser im Rohr.
Akkorde voll seltsamer Süße
erfüllen die Steppe wie Nymphengesang,
und dort tanzen Mädchen mit Blumen im Haar
zu lyrischen Rhythmen
um uralte Weiden am Ufer des Sees
wie einst an Arkadiens Quellen.
Von fern, wo die Herden beim Ziehbrunnen lagern,
dringt mehrstimmig schauriges Jaulen.
Ist's Pan, der die Flöte aus Rohrpfeifen spielt?
Was hüpft dort auf Bocksfüßen läppisch im Kreis
mit Hörnern und struppigem Fell?
Will er mit den Nymphen, am Weg zum Parnaß,
Philemon und Baucis erschrecken,
obwohl ich zu Gast in den Herzen der Greise?
Sucht Zeus nicht mit Hermes noch immer ein Obdach
in Phrygiens einsamen Nächten?
Der brodelnde See, die Rohrhütte und
zwei alte Akazienbäume . . .
Nicht Pan war's, mein närrischer Freund,
ein Hirtenhund stellt eine Ziege.
Verflogen der Spuk. Um den einsamen Brunnen
erlöschen die Sterne. Orion entflieht.
Sein giftiger Feind hat die Fährte verloren,
es dämmert um Trog und Gestänge.

In der Gapel

Silberpappeln, Sand und Weite.
Violette Wolkenbänke
leuchten über grünem Röhricht
im Gewässer einer Senke.

Wegerich und Schachtelhalme.
In der Gapel weiden Pferde.
Auf der Trespenflur der Düne
tummelt wiehernd sich die Herde.

Kampferkraut und Graue Aster
blühen noch am Ackerraine
und der Salbei und die Wolfsmilch
mengen sich mit gelbem Leine.

Thymian und Salzkamillen,
Disteln, die im Winde nicken,
Brombeerstrauch, Altfrauenhaar und
überall die Kletterwicken.

Mohn brennt noch im Zypergrase,
Lerchen trillern Sommerlieder.
Und im Abendrot der Reiher
malerische Glutgefieder.

Majestätisch glüht die Sonne
über unsrem Steppenlande
und die Silberpappeln leuchten
brennend rot im weißen Sande.

Gapel = Viehweide bei Podersdorf am See

Seewinkel

Um rotbraune Tümpel
stehn graugrüne Gräser,
und Salzastern träumen
im flimmernden Sand.
Die Hitze kocht siedend,
und Windmühlenflügel
durchfurchen die Bläue
des Sommers im Land.

Die baumlose Steppe
des Seewinkels hütet
im Rohr um die Lacken
die zwitschernde Brut,
und trockene Ränder
bedecken mit Blüten
aus Soda und Salz sich
in sengender Glut.

Im Dorf. In der Schenke
in bauchigen Römern
blinkt goldgelb der schwere,
berauschende Wein.
Mit seltsamen Weisen
vom „Traurigen Sonntag"
bringt jetzt der Zigeuner
die Pußta herein.

Und über dem Rohrdach
der Schenke von Illmitz
ziehn Reiher am Himmel
zum glitzernden See,
und hinter den Hügeln
des Leithagebirges
die graublauen Felsen
im ewigen Schnee.

Die rotbraunen Tümpel
des Seewinkels blinken
in glühender Sonne

aus giftgrünem Rohr,
und dumpf paukt die Dommel
zum Flöten der Amsel,
und Drossel und Lerche
fällt ein in den Chor.

Die baumlose Steppe
träumt still und verlassen,
und fern in der Schenke
verebbt der Gesang.
Die Schwermut der Weisen
vom „Traurigen Sonntag"
zieht noch mit den Möwen
das Ufer entlang.

Pusztasommer

Versengend wirft die Sommersonne
die roten Speere in den Sand
und Staub bedeckt die Steppengräser,
nach Regen lechzt das trockne Land.

Gestänge eines Pußtabrunnens.
Ein Wolkensaum am Himmel glüht.
Verlockend raunt der warme Wind:
Verweile noch, die Steppe blüht.

Und schwerer Duft von Kampferkräutern,
von Wegerich und Löwenzahn
weht dich, vermengt mit Salzkamille,
aus grauen Zickgraswiesen an.

In Federgras und Schachtelhalmen
ein schmal gewordner Wasserlauf,
und zwischen weichen grünen Binsen
taucht eine Bisamratte auf.

Des Sonnenwagens Flammenräder
stehn jetzt für eine Weile still.
Die Horen schirren ab die Pferde.
Ob Helios hier ruhen will?

Galopp, Vibrieren, Pferdehufe
und Sandfontänen, Fahnen, Staub.
Es tummeln wiehernd sich die Rosse,
und halb verdurstet welkt das Laub.

Im Steppenwind gedämpftes Rauschen:
vom See der Nymphen altes Lied,
und über mir ein Silberreiher,
der lautlos seine Kreise zieht.

Gewaltig spüre ich den Atem,
der in der Steppe mich umweht,
und Wolken, purpurfarben, prunken
am Horizont voll Majestät.

Dorf und See bei Nacht

Im Neonlichte, zwischen den
Fassaden neuer Häuser, träumt
noch dort und da ein Giebel in
barockem Stil, ein Haus,
mit Rohr gedeckt, und das Portal
des Dorfgemeindeamtes ziert
ein weißes Tatzenkreuz
auf blauem Schild,
das alte Wappen meiner Heimat.

Geheimnisvoll raunt hier der Steppenwind
in langen Reihen junger Ahornbäume,
und überall der Ruch von frischem Grün.
Um längst vergangne Tage weiß
der Pfarrhof noch, und vor dem Eingang in
die Schule duftet würzig der Jasmin.
Mit seinem spitzen Schindeldach
durchstößt der gelbe Kirchenturm
das weiße Licht der Straßenleuchten
und trägt sein blankes Kreuz
wie eine Fürstin ihre Krone. Von
der Turmuhr hallen
die Hammerschläge an mein Ohr
und dröhnen im Gewirr der Schatten der
erschrocknen Ahornbäume,
denn sie schlagen Mitternacht.

Vertrautes Ufer. Über schwarzen Pappeln schwimmt
der Silbermond am Steppenhimmel und
durchfurcht mit scharfem Bug die Wolkenschleier, die
wie schwarze Fahnen wallen.
Da fährt der große Wagen, den
Walküren lenken, nach Walhall,
und dort flieht Orion, der stolze Jäger,
vor seinem Feind, dem Skorpion.

In alten Trauerweiden weint der Wind.
Er spielt mit ihren langen Zweigen, die
wie graue Haare alter Frauen
geheimnisvoll im Mondlicht wehn,

und Klotho sitzt an ihrem Spinnrad.
Sie greift mit ihren dünnen Fingern
nach unsichtbaren Silberfäden,
und Lachesis umfängt den Globus.
Mein Schicksal ist in ihrer Hand.
Will es der Götter Ratschluß so?
Mit eisiger Gebärde
zeigt Atropos gestrenge auf die Sonnenuhr.
Der heisre Schrei von einem Käuzchen läßt
das Blut in mir erstarren:
ich höre eine Sense knirschen — chrrr . . ., chrrr . . .,
und Pan lacht laut im düstren Rohr.

Es fröstelt mich. Ich geh zurück ins Dorf.

Die Storchenstadt

In Gärten, die schon halb verwildert,
blühn Mandel-, Kirsch- und Pfirsichbäume
in weiß und rosa, und
in engen Gassen träumen die
barocken Bürgerhäuser
im Wappenschmuck versunkner Zeit.
Aus den mit Rohr und Reben dicht
wattierten Horsten ob
der Altstadt sehn die jungen Störche.
Sie setzen an zu kurzen Flügen
zum nächsten Dachfirst und zurück,
denn bald schon werden sie
in ferne Lande ziehn.

Die weißen Störche schweben
ganz nah dem Rathausplatz
im warmen Aufwind über Rust.
In schimmernden Geschwadern
umkreisen sie die Kirchentürme
der alten königlichen Weinstadt,
durchziehen wie im Segelflug
die Silberfluten meiner Sehnsucht
vom alten Römersteinbruch hin
zum See, den Rebenhängen,
den grünen Wiesen und den Äckern,
die im dichten Rohrwald enden.
Und dort, im Osten, in der Ferne,
verschwimmt im Dunste wie
in zarten weißen Schleiern die
Unendlichkeit der Pußta.

Wenn der September kommt,
die Trauben leuchten rot und golden,
das Weinlaub glüht in dunklen Farben,
dann sind die Horste leer.
Da ziehn, im großen Vogelzuge,
die weißen Störche nach dem Süden,
den Winter fliehend,
um dann im Frühling heimzukehren in
die Storchenstadt am Steppensee.

Regentag in Rust

Es regnet schon seit Stunden.
Der Wind peitscht wild den grauen Vorhang
und bauscht ihn auf den nassen Straßen.
Die schweren Wolken hängen tief,
sie streifen mit den schwarzen Säumen fast
das Dach des alten Pulverturms.
Die silbernen Fontänen schwerer Tropfen springen
mit dunklen, plätschernden Geräuschen vom
Asphalt.
In grauen Regenschleiern wehen stumm
die Silhouetten, und
gleich einem spitzen Pfahl
stößt steil der Turm der Stadtpfarrkirche in
das Grau.
Und dort erhebt am Zwiebelturme sich
das Kreuz der anderen, getrennten Brüder, und
mitteninne, steil und wuchtig,
wie thronend über Bürgerhäusern,
das breite Dach der Fischerkirche,
das stolz und düster seinen Schatten
durch graue Regenfahnen trägt.
Es hütet unter seinen Balken
die alten Fresken früher Gotik.
Durch spitze Bogenfenster fällt
das fahle Licht des Tags.
Vom Auge Gottes rinnen Tränen,
und die Laternen vor
dem Rathauskeller blinken trüb.
Und dicht, wie nur bei schweren Wettern,
verströmt der Himmel seine Wasser
mit wildem, furchterregendem Geprassel.
Das Laub der schlanken Pappeln glänzt
wie Seide
und schimmert neu
in seiner Nässe.
Von weißen, halbgereiften Kirschen tropft
das Wasser in
das samtne Grün der Gräser.
Der See, in graue Schleier eingehüllt,
verbirgt sich hinter hohem Schilf.

Es trommelt, trommelt an die Scheiben,
bald ungebärdig und dann leiser,
der Regen.
Die Wolken hängen tief
wie schwarze Fahnen
in das Geräusch der Stadt.
Zu monotonen, langen Liedern
trinkt sich die trockne Erde satt.
Die Störche in den offnen Horsten
sehn schweigend in die schmalen Höfe, und
von alten Wappen,
die in den regennassen Gassen über den
in Stein gewölbten Toren prangen, tropft
der schwarzen Wolken Naß
auf schwere Radabweiser und
verrinnt vor diesen still.

Symphonie vom See

An deinen Ufern wogt das Zypergras der Heide,
auf deinen Wogen schimmert hell der frühe Tag,
in deinen Wiesen, um die Zuseen, blühen Blumen,
und vom barocken Turme hallt der Glocke Schlag.
So wird der See mit Heideland und Weingebirge
zum lieben Kleinod mir in seinem stillen Glanz.
Vor Bauernhäusern trocknet Mais in den Tschardaken,
und vor der Buschenschenke winkt ein grüner Kranz.

Mit gelben Strahlen pfählt den See die Frühlingssonne
und reißt sein Antlitz wogend auf in wildem Sturm,
um Pußtabrunnen lagern träge Rinderherden,
und in das Gold des Himmels stößt ein dunkler Turm.
Aus grünen schilfumrauschten Buchten steigen
die jungen Reiher auf zu ihrem ersten Flug,
und Flußseeschwalben ziehen hoch am Heidehimmel.
Auf grauen Wogen zuckt der Schatten düstrer Zug.

Im Sommer, wenn vom großen Vogelzuge wieder
die Sänger heimgekehrt in dein verfilztes Rohr,
ertönt im grünen Schilf, in Weingebirg und Heide
die Symphonie vom Steppensee in frohem Chor.
Da reift im warmen Wind, von dir, dem See, behütet,
der Pfirsich und die Traube und die Mandel blüht,
von deiner milden Feuchtigkeit so sanft umhegt,
wie nur in fernen Landen durch den heißen Süd.

Im Winde kreuzen Boote auf den lauten Wogen,
die Störche segeln durch der Kuppel lichtes Blau,
in steilem Sturzflug jagt den Springfisch eine Möwe,
und nur Gewitter färben deinen Sommer grau.
Die Gräser atmen durstig in der weißen Hitze,
die heiß vom Sand der flachen Dünen sprüht.
Im Sonnenuntergang verkohlt des Tages Flitter,
wenn der sonst weiße Rand der Wolkensäume glüht.

Wenn magisch hier das große Flammenrad am Abend
die Gischt der Wogen leuchten läßt wie roten Schnee,
erglühn der Leithaberge waldbedeckte Kämme
und vor dem Ruster Hügellande brennt der See.

Und das Gefüge dunkler Farben, die verfließen
in Sommernächten schwarz und violett,
trägt über weißen Wolken Sternenbilder,
und freundlich zieht der Mond sein silbernes Barett.

Und läßt Dionysos im Herbst die Trauben reifen
in ihrem Honiggelb im braungefleckten Laub
der Reben, süß von schweren Sommersonnengluten,
da weht im Winde schon wie Fahnen brauner Staub.
Da sammeln sich die Schwalben laut zum Zug nach Süden,
und dünne Nebel hüllen ein das Land am See,
im Steppengrase blühn die Herbstzeitlosen
und ob des Schneebergs roten Graten glänzt der Schnee.

Sommernacht

Im Dorfe schläft die Straße,
die Nacht ist tief und spät.
Ich höre leises Singen,
das durch die Steppe weht.

Dort raunen Federgräser,
vom kühlen Wind umhegt,
und warten auf die Sonne,
die ihren Puls bewegt.

Kastanien verbreiten
die Düfte süß und schwer
und wiegen ihre Äste
in einem Kerzenmeer.

In ihren Kuppeldächern
singt schon die Nachtigall,
erwacht der Wachtelkönig
von Schall und Widerhall.

Und tausend Kerzen brennen
im ersten Morgenrot,
das über Wolkenbänken
und weißen Birken loht.

Der Hahn kräht noch verschlafen
und eine Grille zirpt,
indes die Salzkamille
der Schmetterling umwirbt.

Csárda

Im Hofe der Csárda
Akazienbäume.
Vier rußende Fackeln
erhellen die Nacht.
Im Schilf am Podeste
aus Brettern und Bohlen
Zigeuner in fremder,
in farbiger Tracht.

Ich lausche den Geigen,
dem Zimbal und Cello,
der seltsamen Schwermut
in Rhythmus und Klang
und höre im Wirbel
der tanzenden Bogen,
im Sehnen nach Ferne
der Hirten Gesang.

So klingen die Lieder
der endlosen Steppen
an lodernden Feuern
am Ufer der Theiß.
Dort tanzen die Mädchen
den feurigen Csárdás
mit blitzenden Augen,
die wild sind und heiß.

Das Jubeln und Weinen
von Cello und Geigen
verzaubert die Csárda
mit fremder Magie.
Sie birgt in den Klängen
die Weiten des Ostens
und deren
gewaltige Monotonie ...

Das Himmelsgewölbe
trägt stolz Diamanten,
die tausendfach funkeln
im Graublau der Nacht,

und fügt sie zu Bildern,
die — wie Diademe —
den Erdball umstehen
in seltener Pracht.

Sie spielen die Weise
vom „Traurigen Sonntag".
In Melancholie mengt
sich fremder Gesang:
Aus quälender Sehnsucht
bricht magisches Feuer,
in lodernden Farben
dämonischer Klang.

Die Wirtin der Csárda
reicht stumm mir den Römer.
Ihr Wein ist so dunkel,
so anders, wie Blut,
und über dem Tisch, in
Akazienbäumen,
verflackert der Geigen
entfesselte Glut.

Puszta im Sommer

Akazien blühen
am Sandweg der Heide.
Im glühenden Steppenwind nickt eine Distel.
Um salzige Lacken
steht schütter das Rohr.
Ein Seeregenpfeifer
sinnt träumend im Wasser,
und trockene Ränder
bedeckten sich lang schon
mit seltsamen Blüten
aus Soda und Salz.

Im graugrünen Zypergras nisten
die Möwen.
Geduckt pirscht der tückische Iltis
herbei.
Die Seeschwalben flüchten
zu Tode erschrocken.
Verzweifeltes Flattern.
Ein sterbender Schrei.

Und zwischen den Zweigen
der giftgrünen Schlehen
sitzt eine Tarantel
vor silbernen Fäden,
die andere Spinnen
in emsiger Eile
gewoben zu einem gefährlichen Netz.
Sie lauert im Schatten
der schützenden Blätter
und stürzt auf ihr Opfer,
das sirrt in der Falle,
und tötet es grausam
nach altem Gesetz.

Beim Ziehbrunnen wiehern
die Fohlen und Stuten
zu wildem Galopp durch
den grauweißen Sand.
Der Hirtenhund bellt, und

das Lied eines Hornes
weht traurig im Wind im
verdurstenden Land.

In endlose Ebene dehnt sich
die Weite, und hinter
den alten Akazien dort
verbirgt sich der Kirchturm
des einsamen Dorfs.

Am Pfarrplatz erhebt sich mit wuchtigen Quadern
der gotische Dom, dem Sankt Martin geweiht.
Die Kreuzrippen tragen das schwere Gewölbe,
und zwischen den Säulen verdämmert die Zeit.
Gedämpft fällt das Licht durch die Spitzbogenfenster
das Apsis und Schiff mit Legenden erhellt:
. . . ein römischer Reiter . . ., ein frierender Bettler . . .,
lebendiger Mythos der christlichen Welt.
Die Schießscharten blicken vom Turme des Domes
hinab in die Höfe, hinaus auf das Feld.
Auf Giebeln zerbröckeln die fürstlichen Wappen
und in ihren Schatten versinkt eine Welt.

Barocktraum: das Schloß mit den steinernen Büsten
madjarischer Fürsten der Landnahmezeit,
toskanischen Säulen und breiten Altanen
und Fratzen im Hofe aus Mißgunst und Neid.
Im Haydnsaal klingen — zu Füßen der Götter —
die Weisen der Schöpfung, der Weltvision,
und Eros und Psyche erflehen noch immer
Verzeihung von Zeus am olympischen Thron.
Korinthische Säulen, die Parkfront des Schlosses,
von mächtigen Eckrisaliten flankiert,
behüten den prächtigen Festsaal der Fürsten,
wo Haydn in klassischem Prunk musiziert.
Verklungen die Weisen, das himmlische Melos,
erloschen der Kronleuchter strahlender Glanz,
verebbt die Sonaten, die rauschenden Feste,
vorüber, für immer, Kantate und Tanz.
Im Tempel am Hügel thront Leopoldine.
Ägyptische Säulen: ein mythischer Raum.
Sie blickt durch die Fenster hinab auf die Teiche
und träumt ihrer Jugend exotischen Traum.
Mit Griffel und Tafel, aus Marmor gehauen,
gleicht sie Kalliópe an Eros Altar,
sieht sie an den Wassern am Fuß des Parnassos
im Schloßpark die Musen mit Blumen im Haar.
Im Traume durchwandelt die junge Prinzessin,
die Statuen krönend, die Seufzerallee

und fern, über alten Kastanien, schimmert
im Weißgold der Sonne der Neusiedler See.

. . . verhangener Himmel, Marienkapelle.
Kalvarienberg in verworrenem Licht:
Versteinerte Engel behüten die Stufen,
denn Gott tritt als Mensch vor der Menschen Gericht.
Am Kreuzweg erschüttert der Haß in den Szenen,
der Herr wird beleidigt, erniedrigt vom Knecht,
und aus den geschnitzten, verrohten Gesichtern
stiert finster, gemein, das entartete Recht.
Karfreitag: Die Bergkirche hüllt sich in Regen,
am Kreuz stirbt gepeinigt, in bitterer Not
der Heiland. Maria weint brennende Tränen.
Verblutende Güte quält höhnischer Tod.
Die Bergkirche hebt ihr geschindeltes Walmdach
empor in die rastlose, fliehende Zeit,
und vor dem Altar in der Gnadenkapelle
versiegen die Schmerzen, verstummt alles Leid.

Kirche in Schützen am Gebirge

Auf Steinen aus versunkner Zeit
verwittern Namen längst Vergessener,
nur mehr makabre Zierde
im alten Ziegelwerk der Kirchhofmauer, die
den Frieden hütet, weisend: „Seht doch die
Vergänglichkeit der Welt an uns."
Das Langhaus schiebt das dunkle Braun
des steilen Dachs empor zum Turm
und zum geschweiften Giebel, das
Voluten säumen, hoch ob
toskanischen Pilastern.
Und ostwärts, vor der Apsis, trägt
der schwere Pyramidenhelm
des Turms die steinerne Rosette
im Angesicht der Sterne,
und durch die runden Bogenfenster
der Glockenstube schallt
das herrliche Geläut
hinaus ins Wulkatal,
hallt laut der Stundenschlag der Uhr,
der an den langen Zeilen weißer Giebel
zerschellt. In schwarzen Perlen rinnt die Nacht
vom wuchtigen Gesimse auf
den kantigen Konsolen in das schon
verwelkte Gras.
Nur in der Sakristei brennt noch das Licht.
Beim Westtor stehn, noch in Stein ihr Amt bezeugend,
die heiligen Apostel Petrus
und Paulus, wachend für den Herrn.
Und über steinumrahmtem Tore büßt,
am Schlußstein dargestellt, Maria-Magdalena.
Im Vierpaßfenster über ihr, im Tympanon,
betrachtet lächelnd sich der Mond
und rückt das schlichte Gotteshaus in helles Licht.
Im Kirchhof ist es still geworden.
Die Pieta umstehen Linden im Geviert,
entlaubt vom Herbstwind, der

aus fernen Steppen kommt,
und tausend kahle Zweige malen ein
Gewirr von düstren Schatten auf
den breit mit Platten ausgelegten Weg.
Die Muttergottes weint. Auf ihrem Schoß
liegt tot ihr Sohn, der starb,
um uns vom Bösen zu erlösen.
Und dort, beim Haus der christlichen
Gemeinde,
auf grauem Sockel ein Soldat,
der betet. Er blickt, die Hände am Gewehr,
entmutigt vor sich hin,
denn nie wird Friede sein auf Erden.
Der Mesner hat das Licht gelöscht,
und aus dem Sternenhimmel sinkt
die Stille in die tausend Wunden,
die uns das Leben schlägt.
Im Gotteshaus hält Gott, der Herr,
das Heil bereit. Beim Osttor steht Johannes
von Nepomuk und sagt zu dir, so komm,
nur störe hier den Frieden nicht.

Schilfwald, Paradies der Reiher

Wulkamündung. Abendsonne.
See und Dschungel, dichtes Rohr.
Rings im Schlamm, im grünen Dickicht,
unkt der Frösche lauter Chor.
Da, im Rohrgewirr ein Sumpfhuhn,
das sich scheu im Wasser wiegt,
dort, auf schwankem Halm, die Ammer,
die verstört vom Neste fliegt.
Wie ein Pfeil stößt eine Weihe
aus der Sonne dunklem Rot:
tief im Schilf ein ängstlich Flattern,
grausam jagt im Rohr der Tod.
Tiefe Stille für Sekunden,
Schrecken unterbricht das Lied,
doch dann zirpt und pfeift es wieder
in der Rohrwand weitem Ried.
Meiner Zille Schatten wandert
lautlos, stumm am Schilf entlang.
Ferner, dumpfer Ruf der Dommel
wogt im Winde wie Gesang.
Selbst das kleine Bläßhuhn tummelt
sich im Wasser voller Lust
und die Haubentaucher kühlen
wieder unbeschwert die Brust.
An zwei selbstgeflochtnen Schnüren
hängt versteckt das schöne Nest,
das voll Kunst die Beutelmeise
sich erbaut zum Hochzeitsfest.
Berge windgeknickter Halme
tragen Horste breit und schwer,
denn das große Reich der Reiher
liegt hier draußen wie am Meer.
Seiden-, Fisch- und Silberreiher
brüten friedlich, ungestört,
doch die Löffler klappern eifrig,
tun, als wären sie empört.
Und dazwischen Purpurreiher,
die in ihrem schönen Rot
stolz wie Kardinäle wandeln,
wenn der Tag im See verloht.

Auch der dumpfe Ruf der Dommel
dringt jetzt stärker an mein Ohr
und das Karre-kit der Drossel
untermalt der Wind im Rohr.
Horch, jetzt knickt es laut im Schilfe,
Dickicht hindert noch die Sicht,
dort, am alten Damm der Wulka,
tritt ein Rohrhirsch in das Licht!
Witternd hebt er seine Nüstern,
äugend senkt er das Geweih,
und — in kühnem Sprunge jagt er
knapp am Zillenbug vorbei.
Kronen alter Urwaldriesen
werfen Schatten auf den Damm,
es umgibt mich tiefer Dschungel,
Bäume, Wasser, Schilf und Schlamm.

Am Eisbach

Um die Wipfel weißer Birken
kreist im Morgenrot ein Reiher
und sein helles Glutgefieder
spiegelt leuchtend sich im Weiher.

Und die Sonnenstrahlen fallen,
rötlich schimmernd, in die Kühle.
Dumpf in das Konzert der Vögel
knarrt das Wasserrad der Mühle.

Stein, von Moos bedeckt, verwittert
träumend zwischen Wurzelstöcken,
und die Glockenblumen wiegen
sich um ihn in blauen Röcken.

Hell und hölzern klingt ein Klopfen:
zimmernd hackt der Specht die Rinden,
und die Halme, taubehangen,
neigen sich in frischen Winden.

Launisch plätschernd zieht der Eisbach
durch den Samt der grünen Auen,
und die schlanken Pappelbäume
wiegen sich wie junge Frauen.

Um die Wipfel weißer Birken
kreist im Morgenrot ein Reiher.
Nur sein helles Glutgefieder
spiegelt sich im stummen Weiher.

Spätsommer

Dächer alter Bauernhäuser
heben sich aus gelben Kronen
früchteschwerer Pfirsichbäume.
Grelle Wolkensäume glühen
über Lacken, See und Heide,
und in wundersamem Leuchten
wird der Abend seltsam still.
Thymian und Geißklee weben
bunte Farben in die Wiesen,
und die Pappeln wehn wie Fahnen.
Lodernd wogt die Wasserfläche.
Ihre Wogenkämme schimmern,
silbern schäumend, wie das Meer.
Fern im Westen dunkle Berge,
die den Horizont begrenzen.
Nur des Schneebergs Felsen ragen
glühend in die blaue Kuppel.
Draußen, mitten in der Heide,
wo die jungen Pferde weiden,
ragt das hölzerne Gestänge
eines alten Heidebrunnens
in die Glut des Sonnenballs.
Vor der steinernen Umrandung
liegen halbgeleerte Tröge.
Hoch im Gold und Blau des Himmels,
ob dem See, der brennend loht,
hängt ein scheuer Silberreiher
glühendweiß im Abendrot.
Seidene Mariengarne
wehen über den Kamillen
als des Sommers Silberfahnen,
zart, wie Mädchenhaar im Winde,
und berühren dich am Wege
seltsam, wie ein lieber Gruß.
Flötend in den wilden Hecken
ist das Lied der Nachtigall.

Abendstimmung

Dämmerung. Dunkelrote Sonnenstrahlen
fallen auf den Karrenweg.
In tausend Zweigen alter Ahornbäume
raunt der Wind und sein Gitarrenspiel
begleitet
leis das dunkle Schluchzen einer Amsel.
Braungefleckte Blätter tanzen
auf dem holperigen Weg. Am
Ende der Allee bewegt der Bach das
Schaufelrad der Wassermühle,
das sich ächzend emsig dreht.
Am Gemäuer einer halbverfallnen
Burg erlischt der Tag.
Enten rudern schnatternd um ein
Fischerboot. Im letzten Lichte
der Septembersonne sprühen
tausend Perlen um das Wasserrad,
leuchten auf rubinenfarben, weiß und
violett und fallen in die
Silberschalen, um von dort hinauszueilen
in die Wiesen, in die Au.
Wolkensäume leuchten seltsam
über blauen Hügelketten,
und es riecht nach frischgemahlnem Korn.
Schindeldach der Wassermühle
sank ins Dunkel dieser Nacht;
über alten Trauerweiden
hüllt des Mondes schmale Sichel
sich in Silber und Brokat. Und ich male
in Gedanken Sterne in den
blauen Samt der Sommernacht.

Zigeunerlager

Aus der Kommode reichverzierter Lade
entnehme ich ein längst vergeßnes Bild.
„Zigeunerlager“ nannte es der Maler,
doch seine einst so grellen Farben wirken mild.
Um Planenwagen lagern magre Pferde.
Die Kessel hüllen sich in Feuerschein.
Daneben flechten Männer Weidenkörbe
und tauschen sie für Honig, Milch und Wein.

In dünner Suppe kochen die Kartoffeln,
dazu gibt es das ausgedörrte Brot,
das Bauernfrauen ihren Kindern schenkten,
doch zäh ertragen sie die bittre Not.
Und leise klingen fremde Melodien
voll Schwermut durch den warmen Steppenwind.
Die alten Weisen lassen sie vergessen,
daß sie und ihre Kinder Bettler sind.

Am Nachmittag gehn sie mit ihren Körben
von Haus zu Haus: mit Regenschirm und Sieb,
mit Taschen, die geschickte Hände flochten —
und mancher Bursche ist ein kleiner Dieb.
Die Mädchen tragen buntgeflickte Röcke
und Silberreifen klirren um den Arm.
Den flinken Niki fragt beim Planenwagen
nach den gestohlnen Schuhen ein Gendarm.

Nicht gern gesehn von arbeitsamen Leuten,
die Not gewohnt und der Entbehrung Leid,
sitzt Mischka träg und raucht die Tabakpfeife
und spottet so der Habgier seiner Zeit.
Die Weiber gehn in abgerißnen Kleidern,
die braunen Knaben starren nur vor Schmutz.
Zwei junge Frauen tragen Ohrgehänge,
und lange Zöpfe sind ihr schönster Putz.

Das Elend wechselt manchesmal die Rolle,
webt in ihr Grau ein wenig Sonnenschein,
erfreut erquicken sich da die Vaganten
am Lebensglück und wollen fröhlich sein.

Es wird jetzt Nacht, und im Zigeunerlager
spielt Janosch auf der Mundharmonika
und Mischka greift nach seiner alten Geige:
in heißen Klängen brennt — der Paprika!

Akazien verbreiten schwere Düfte.
Zu schnellem Rhythmus brauner Beine Tanz
und schwarze Haare über schmaler Hüfte
und in den dunklen Augen heißer Glanz.
Elisabeth stampft mit den schlanken Beinen,
ein Csárdás hat ihr wildes Blut entfacht.
Sogar die Kinder hören auf vom Weinen . . .
Zigeunerglück, in einer Sommernacht.

Am nächsten Tage zogen die Zigeuner
die Schotterstraße fort ins weite Land.
Zurück blieb nur der Rhythmus ihrer Lieder
und Asche auf verbranntem braunem Sand.
Sie lagerten am Rande unsrer Dörfer,
das Bild erinnert mich noch jetzt an sie,
und mahnt mich sanft in jäh erwachter Trauer
an eine halbvergeßne Melodie.

Pusztatraum

Der Mond verbrennt in den Akazien,
und dort, im Aschengrau der Steppennacht,
versiegt ein Käuzchenschrei.
Erschrocken horcht die Grille auf
und jäh verstummt ihr Saitenspiel.
In heißen Tropfen fällt das Rot
durch das Gewirr von tausend Zweigen in
die tiefen Räderspuren schwerer
Ochsenwagen
im regennassen Sand
und läßt die Schwärze glänzen,
mit der die Nacht die Schatten pecht.
Ein Vogel schwirrt aus dem Gewirr.
Ob es das Käuzchen ist,
das in die dunkle Einsamkeit
der Weite schnellt?
Dort draußen in der Pußta steht
die Hirtenhütte
aus braunem Schilf, und nebenan
ragt das Gestänge eines Brunnens wie
ein Galgen,
um den um zwölf die Weiber reiten, die
Giletus, der sich hier verirrt,
betört mit süßem Liebestrank.
Im Dickicht hält, auf weißem Roß,
der junge Graf von Forchtenstein:
Er sieht ein Haus, ein Licht.
Auf silbergrauen Särgen jagen sie
herbei, die alte Kräutersammlerin
und Lena, ihre blonde Tochter,
um dort, wo Mädchendorf gewesen,
mit wirrem Haar hinabzustürzen in
das schilfzerfetzte zischende Gewässer,
und gellend lacht Rosalia ihr grauenhaftes Lachen:
„Ertränken ließ ich beide,
indes der Graf am Kreuzzug war!“
Der Todesweiher quillt und quillt,
verschlingt das Dorf und wird zum See,
und um den Pußtabrunnen tanzt
um Mitternacht die Kräuterfee.

Mit irren Augen schreit sie auf:
„Verflucht sei Dein Geschlecht!“
War es ein Spuk?
Die Kälte greift mit nasser Hand
nach meinem Nacken. Grauen faßt mich an.
Der Klageton? So jault hier nur ein Hirtenhund,
der wachend um die Herde streift.
Von weither weht der herbe Duft des Rohrs,
der Moderruch von aufgewühltem Schlamm,
und zaghaft stimmt die Grille wieder an
das monotone Lied der Steppe.
Sie zirpt und zirpt, um die Gedanken zu verscheuchen,
die traurig um den weißen Sommer kreisen,
der morgen wieder sieden wird am Schottersand.

In den Akazien, die hinter einem Wirtshaus stehn,
hängt schräg der rote Mond,
und leise knarrt das alte Tor im Wind.

Das Stille

Erhaben und verborgen ruht
das Stille in den Dingen.
Verstummt der Lärm, beginnt es erst
geheimnisvoll zu singen.

Mit Wachtelkönig, Quell und Baum
verbrämt die Zeit ihr Raunen,
und seltsam leuchtet im Gestein
ihr ehrfurchtsvolles Staunen.

Vergeistigt blühend, wie Kristall,
quillt es aus dunkler Tiefe,
ist rätselhafte Bilderschrift
und Lebenshieroglyphe.

Das Schweigen ist sein Schattenbild,
es ist der Stille eigen
so wie der Klang dem Flötenspiel
und Resonanz den Geigen.

So wird das Stille in der Welt
dem Herzen zur Oase,
wie deinem Auge das Relief
auf buntbemalter Vase.

Nur ein Poem

Mystische Magie der Stille
ist der Lyrik reine Quelle.
Im Poem und im Gebete
offenbart sich mir das Helle.

Tiefes, inniges Erleben
wird Gestalt und Melodie,
und der Geist entringt in Freiheit
sich des Wahnsinns Dämonie.

Daß die Urkraft seiner Sprache
mir sich im Gedicht verkläre,
hüllt er mich in dessen hohe,
zauberhafte Atmosphäre.

Und das Wort, durchtränkt von Farbe,
wird für Sinn und Klang zum Pfade.
Eine unversehrte Seele
leuchtet auf im Licht der Gnade.

Erfüllte Stunde

Die seidenen Mariengarne
gehn hoch am Heidehimmel hin,
weil über reifgeknickte Farne
die Schwalben mit dem Sommer ziehn.

Vergilbte Pappelbäume ragen
im Sonnenglast ins fahle Blau,
und ihre tausend Äste tragen
den Herbst wie eine reife Frau.

Von fernher klingt das Lied der Wogen.
Im Federgras ist Grillensang,
und Möwen ziehn in weitem Bogen
die Dünen vor dem See entlang.

Heide im Herbst

Reif verfärbt das Gras der Heide,
Thymian verwelkt, verloht.
Mit dem Grün erlischt das Leben
und versinkt in Braun und Rot.

Blauschwarz träumen reife Schlehen,
blickt Hollunder aus dem Laub,
grüßen rot die Hagebutten
aus den Dornen und dem Staub.

Fahle Blätter, braun umrändert,
stimmen trauriger die Welt,
eh das eine, schon entkräftet,
in den Sand zu andren fällt.

Nebel braut in stillen Weiten.
Allerseelen ist im Land,
und du spürst den Regenschauer
wie des Toten kalte Hand.

Sturm webt graue Nebelfahnen.
Schnürt dort nicht ein Fuchs vorbei?
Durch die Einsamkeit der Heide
hallt der Gänse heisrer Schrei.

Neben schmalem Weg im Sande
ragt ein blätterloser Baum.
Ist der Thymian der Heide
schönen Sommers Todestraum?

Endlos zieht der Weg der Heide
durch den grauen Schottersand.
Einsamkeit, die ohne Ufer,
lastet bleiern auf dem Land.

Im braunen Rohrwald raunt der Wind

Der See im Herbst ist dunkelgrau.
Im braunen Rohrwald treibt der Wind
die schwarzen Fahnen. Längst verstummt
auf See und Heide ist das Lied,
das uns im Sommer klang
aus tausend Kehlen froher Sänger,
und hoch am Pußtahimmel ziehn
die weißen Wolken hin
im pfeifenden Nordwest.
Und wenn, nach Allerseelen,
geheimnisvoll, wie düstre Schleier,
die Nebelschwaden wallen,
verglimmt das gelbe Sonnenlicht,
und tiefe Einsamkeit befällt
das Land, den Rohrwald und den See,
und über allem spannt
sich aschengrauer Himmel,
als ob es keinen Sommer gäbe.

Mit nassen Händen geht
der Morgen durch die Wiesen
und Kälte tropft aus seinem Haar.
Verwelkt treibt das einst grüne Laub
auf regennasser Straße,
und in den kahlen Ästen hängt
ein Klagelied.
In schwarzen Perlen tropft die Trauer in
das späte Jahr.

Der Abend webt aus schwerem Samt die Nacht.
Der Mond grinst, einem Totenschädel gleich,
aus schmalen Schluchten schwarzer Wolken
und läßt, für kurze Zeit, die Wogenkämme glänzen,
den weißen Sand,
dann schließen sich die Wolkenrisse
zu einer düstren Wetterwand. Ein Sturm kommt auf.
Erloschen sind die Silberlichter auf dem See,
das Glimmern über weißem Sand,
in grauer Einsamkeit ertrinkt die Pußta,
und klein, bedrückend klein wird meine Welt.

Ein Heer von grauen Wogen, schaumgekrönt,
erstürmt den weißen Rand des Ufers
wie reitende Tataren,
und lautlos stürzt die Sandburg ein,
die kühn, erbaut von Kinderhand,
auf flacher Düne ragte.

Kastanien im Herbst

Einmal brannten tausend Kerzen
an den Ästen, rot und weiß.
In den alten, dunklen Kronen
war der Sommer, schwül und heiß.

Und die Lerchen jubilierten
in der klaren Heideluft.
Köstlich klangen ihre Lieder
durch den herben Blütenduft!

Ist es denn derselbe Windgott,
der da in den Kronen pfeift?
Wie er rüttelt an den Ästen
und nach bunten Blättern greift!

Mich durchrieselt seine Kälte,
und die Früchte, braun und groß,
prasseln, aus dem Traum gerissen,
in das grau gewordne Moos.

Dürre Blätter rascheln leise
unter meinem starken Schritt,
und es klingt auf seine Weise
der verlorne Sommer mit.

Ruine Bad Kreuzen

Den hellgrünen Himmel
ob blauschwarzen Tannen
durchdringt wie
in offenem Fächer das Rot
gebündelter Strahlen
der Flammenkorona,
das magisch im Blau und
im Hellgrün verloht.

In purpurnen Wolken
vergräbt sich die Sonne.
Im Abendrot glüht das
verfallne Kastell,
und über den Mauern
die wandernden Wolken
mit lohenden Säumen:
ein Lichtaquarell . . .

Gespenstisch beginnen
die Tannen zu leuchten,
die uralten Eichen
am felsigen Hang,
und über den Kronen
und Wipfeln des Waldes
ziehn brennende Möwen
die Hügel entlang.

Burg Lockenhaus

Verklungen ist das Heldenlied
in dieser Mauern Reigen.
Verödet liegt der Rittersaal,
die Kreuzgewölbe schweigen.

Die Sonne wirft ihr heißes Rot
auf altersgraue Wände,
und Schatten gehen groß und stumm
und geben sich die Hände.

Im Kreuzgewölbe klirrt es jäh,
als sei im Wehrgehänge
ein Ordensritter hingeeilt
durch schmale Stiegengänge.

Kumanen stürmten einst die Burg,
der Templer Gotteslehen.
Sie fochten heldhaft Mann für Mann
und laut erklang ihr Flehen:

„Errette Du, Herr, dieses Land!
Gelobt, was Du beschlossen!"
In Fugen rann ihr Heldenblut,
das sie für IHN vergossen.

Und jedes Jahr, zur selben Zeit,
bedecken rote Flecken
den Estrich im Kapitelsaal,
die Toten zu erwecken.

Treppauf, treppab, von Trakt zu Trakt
Befehle, Beten, Stöhnen.
Mongolenäxte blitzen auf
und Rossehufe dröhnen.

Und geisterhaft kreischt Schild an Schild.
Die Kehlen schreien heiser.
Ein Speer durchbohrt ein Kettenhemd.
Dann wird die Stunde leiser.

Der alte Bergfried blickt nun stumm
ins Tal der Güns hernieder.
Jahraus, jahrein im Abendwind
vergeßne Heldenlieder.

Waldnacht

Lautlos sinkt die Stille
einer Sternennacht
in die dunklen Kronen;
nur der Mond hält Wacht.

Aus den Jagdhausfenstern
fällt noch Lampenschein;
Eremitenfreude —
selig, so bewegt zu sein.

Über dunklen Wipfeln,
tief im blauen Raum,
flimmern Sternenschnuppen
in den Menschentraum.

Licht wird auch die Seele,
die beglückt erwacht.
Und die späte Stunde
ist an ihr entfacht.

Wind harft in den Tannen.
Bebt dort nicht ein Ast?
Nur ein Wandervogel
wählte ihn zur Rast.

Odyssee

Leben, wie wir es erleben,
das ist Suchen, Wort und Klang,
Hoffen, Liebe und Verstehen,
Haß und Tod und Untergang.

Tückisch schillern rings die Wogen
auf dem Meer der Gegenwart,
ihre Klippen sind gefährlich,
und der Schein ist's, der uns narrt.

Odyssee enttäuschter Künstler,
steil der Weg zu fernem Ziel:
Wille, Mut und starker Glaube
werden Wagnis, Schicksal, Spiel!

Zwischen Scylla und Charybdis
glänzt am Horizont der Zeit
trügerisch das weiße Ufer
tiefersehnter Menschlichkeit.

Stets am Weg zu uns verlieren
wir uns selber aus dem Blick,
denn das Labyrinth des Lebens
bleibt der Irdischen Geschick.

Daphne

Daphne, lieblichste der Nymphen,
Schönheit, die entsagen lehrt,
du, das Weibliche auf Erden,
dich hat selbst Apoll begehrt.

Eros trägt seit damals Flügel,
seither erst erregt das Blut
der Geschlechter süße Neigung:
Liebe, Hoffnung, heiße Glut.

Deine Angst vor soviel Liebe
floh in einen Lorbeerbaum,
doch du bist und bleibst der Götter,
meiner Sehnsucht hellster Traum.

Ja, mein Sehnen und Erträumen
lockte dich ins Menschenland,
du, die Jugend aller Frauen,
reichst beglückend mir die Hand.

Finster blicken die Gorgonen,
wenn das Menschenglück sich regt,
sie frohlocken, wenn Enttäuschung
kurzes Glück in Scherben schlägt.

Ihre Opfer schmückt dein Lorbeer,
des Verzichts erhabner Preis!
Seelengröße ist Entsagen,
Schicksal, Daphnes dunkler Kreis.

Wagenrennen

So wie Helios den
Sonnenwagen
lenkst du dein zerbrechliches Gefährt.
Angst und Hoffnung
sind kein geeintes Räderpaar
und enthemmte Triebe ziehen
wild, wie seine Feuerpferde,
deinen Wagen
auf den holperigen Wegen
und du blickst, das Leitseil
fest in deiner Linken,
kühn vom Bock der Zeit voraus
und die Rechte schwingt die
Peitsche.
Im Galopp jagst du dahin im
Labyrinth des Zeitgeschehens
und an deinem Irrweg
brennen Wolkenschlösser
ohne Zahl.
Sturm verweht die gelbe Asche
deiner hohen Ideale
und den Horizont verdüstert
Nyx mit schweren Wetterwolken.
Hinter dir ein Regenbogen
und darunter weiße Räume . . .
Farbenspiel umflutet
die Ruinen deiner Träume.

Wintermärchen

Braune Gräser, braune Farne
glitzern, in Kristall getaucht,
während um den nahen Hügel
noch der Winternebel raucht.

Wiegend biegen sich die Zweige
unter einem Traum von Weiß,
und in dunklen Sonnenstrahlen
glüht und brennt sogar das Eis.

Rauhreif, Abend, Weite, Stille.
Schatten zucken durch die Flur,
und der Wind legt kleine Flocken
auf der Krähenfüße Spur.

Jänner

Der Frost umfängt jetzt klirrend Baum und Sträucher.
Der Schnee biegt blätterlose Zweige tief.
Der Sonnenball glüht dunkel im Versinken.
Ist dies das Land, in dem die Amsel rief?

Ich bin am Weg zu einer kleinen Hütte
und meine Sehnsucht wandert endlos weit.
Ich gleite wie dereinst in Jugendtagen
auf meinen Skiern in die Einsamkeit.

Nur alte Tannenbäume stehen träumend,
in Gruppen aufgelöst, am weißen Hang,
und Krähen ziehn am fahlen Winterhimmel
den stumm gewordnen Bach entlang.

Weihnachten

Stumm betrachte ich die Krippe.
Birgt sie noch das Heil der Welt?
Ist die Liebe die Ruine,
die auf Golgotha verfällt?

Nie war Friede auf der Erde.
Waffenlärm erfüllt die Zeit,
und die Menschheit ist auch heute
zum Prophetenmord bereit.

An der Quelle meiner Hoffnung
ein verdorrter Feigenbaum . . .
Kein Messias bringt den Frieden,
und die Liebe bleibt ein Traum.

Allein

Erloschen ist das Licht
der Weihnacht,
der Güte sanfte Menschlichkeit
verdorrt am Haß.
In kaltes Dunkel fällt
mein Herz, das jäh zerbrach
an dir.
Im Sturz begreife ich
die Hoffnungslosigkeit
der Liebe.
Und Gott?
Ist er das Licht,
die Wahrheit und das Leben?
Vielleicht.
Ich falle, falle und
versinke
im schwarzen See
der Bitternis.
Dem Bruder fiel
die Leuchte aus der Hand.
Sie war mein Licht.
Und fern, unendlich fern
ist sein Gesicht.

Kain und Abel

Die Gleichheit ist der Narrenhut
der feigen, falschen Kreatur.
Stupid bricht stets das Böse durch,
das Tier der menschlichen Natur.

Der Bruder war dem Bruder stets
ein wildes Tier, vom Haß verroht,
ein Fremder, der im Bruder nur
den Feind erblickt, der ihn bedroht,

denn Kain und Abel leben noch
in mir, in dir, in aller Welt,
und Kain ergötzt sich, sieht er es,
wie Abel taumelt und dann fällt.

Wer glaubt da, daß es anders wird?
Der Brudermord ragt aus der Zeit.
Apokalyptisch ist die Nacht,
und überall ist Not und Leid.

Der Bruder bleibt dem Bruder so
ein böses Tier, vom Neid verroht,
ein Fremder, der im Bruder nur
den Feind erblickt, der ihn bedroht.

Lied der Verdammten

Verliere erst einmal wie wir,
die ehrlos, geknechtet, in Not,
und dann rede so wie du sprichst
in Hymnen auf Liebe und Tod.

Ertrage das Leid erst wie wir
und bettle, wie wir, um das Brot,
und dann rede so wie du sprichst
in Hymnen auf Liebe und Tod.

Erglühe im Haß erst wie wir,
erniedrigt, verleumdet, verroht,
und dann rede so wie du sprichst
in Hymnen auf Liebe und Tod.

Vielleicht bist es du, der versteht,
was Unglück bedeutet und Not,
doch dann rede auch über uns
in Hymnen auf Liebe und Tod!

Die Saiten sind alle verstimmt.
Verflucht ist das Glück und das Brot!
Der Haß spielt noch immer ergrimmt
die Hymnen auf Liebe und Tod.

Ungarnfahrt

Die Grenzlandgrafen riefen
nach Karolinger Art
und unsre Ahnen wagten
die große Ungarnfahrt.
Sie zogen kühnen Sinnes
von Franken und vom Rhein
zum See, zur Raab und Leitha
bis Rust und Forchtenstein.

Sie bauten Haus und Kirche
um Eisenberg und Warth
und dankten so dem Herrgott
auf ihrer Ostlandfahrt.
Sie pflügten erst das Ödland,
sie pflanzten Obst und Wein
und rodeten die Wälder
um den Geschriebenstein.

Die Völkerpforte hütend,
entbrannte oft der Streit,
denn zwischen See und Donau
füllt Waffenlärm die Zeit.
Der Forchtensteiner Adler
stieg auf aus bittrer Not,
sein blutiges Gefieder
verfärbten Krieg und Tod.

Kuruzzen und Tataren
verheerten Dorf und Flur,
und Rauch und Flammen waren
der Reitervölker Spur.
Auf altem Siedlungsboden,
der blutgetränkt, entstand
um stolze Grenzlandburgen
ein neues Burgenland.

Franz Theuer

Die Stimme Franz Theuers erhebt sich aus der Einsamkeit der Seen- und Pußtalandschaft des nördlichen Burgenlandes, der Kindheitslandschaft des 1922 zu Podersdorf am See Geborenen und sie meldet sich, ungekränkt vom Zwang und Mißklang des literarischen Alltags in reingestimmtem Tonfall. Theuer hat, in zuchtvoller Besinnung auf das Echtbürtige, niemals versucht, sich in die Bereiche der nihilistischen Sprachdissonanzen der Gegenwart zu begeben, in Wortkaskaden und Stilbrüche, gelassen im Wissen, daß die unzerstörbare Aussage wirklicher Dichtung, über alle Augenblickseruptionen hinaus in den Bereichen zeitloser Kunst geborgen ist und von dort her ihre Kraft strömen läßt. Von diesen geistigen Kraftfeldern empfing er, wie sein bisher vorliegendes Werk bezeugt, die Leitmaße, die ihm die Sprachfülle gaben, Erlebtes im reinen Gedicht auszusagen und dies in durchaus unalltäglicher Diktion. So löst sich in seinen Versen, wo man anfänglich noch Anklänge an bedeutende Vorbilder zu hören vermeinte, bald das sprachliche Gesetz in Bildern unverfälschter Naturgestalt auf, die Zeugnisse einer stark empfindenden Eigenperson sind und den Leser dieser Lyrik mit urtümlichem Anruf berühren, der Bildhaftigkeit, aus der sie visuell geboren wurden. Wie sehr das burgenländische Landschaftsbild Theuers dichterischen Formwillen bestimmte, ist eindrucksvoll in seinen Versen bezeugt. Heide, Pußta, Seenweite und Folklore gaben ihr Arteigenes, es ist in seinen Gedichten Symbol geworden und dies so sehr, daß der Leser rasch ein rundes Bild der vom Dichter geliebten und besungenen Landbreiten empfängt; schönster Dank an die burgenländische Heimat, die dem Dichter stets von neuem ereignishaft und zum tiefberührenden Erlebnis wird. In der großen — noch unveröffentlichten — Prosaballade „Brennende Heide" ist dieses Naturerlebnis mit dem Geschichtsvorgang vereint. Wo Theuer von der Landschaft spricht, ist sein Vers hymnisch unterströmt, sie ist der zentrale Mittelpunkt seiner Lyrik. Er versteht es, in wenigen Worten ein Landschaftsbild vor dem Leser plastisch erstehen zu lassen und von der Aura dieses Naturbildes Innerstes auszusagen. Diese Darstellungskraft im lyrischen Duktus, fern von Emotionen, darf man als das Signum eines unalltäglichen Sprachvermögens erkennen. Wir haben bisher noch keine so landschaftsgesättigte dichterische Aussage aus diesen Gebreiten; von diesem Blickfeld aus gesehen, ist Theuers lyrisches Schaffen eine

Neuentdeckung, die nicht übersehen werden kann. Der Dichter hat sich frühe schon auch in dramatischen Versuchen geübt — zwei Schauspiele: „Gertraut Weißpriach“ und „Friedrich II. von Hohenstaufen“ —, die ihm wahrscheinlich das Handgelenk für die Raffung und Dialogführung brachten, das er, seit geraumer Zeit an einem im Burgenland spielenden historischen Roman schaffend, erprobt. Bisher durch Vorlesungen bekannt gewordene Abschnitte lassen auf eine schöne Erfüllung hoffen. Von seiner Lyrik aber ist zu sagen, daß sie sich, von Anbeginn an, keinem anderen Gesetz gebeugt hat als dem der reinen Kunstaussage, der Verklärung des Sinnhaften, geboren aus echten Erlebniswerten. Es ist das Wort, das ohne Umwege den Weg vom Menschen zum Menschen findet, erfüllt von einem Sprachklang, der über dem Alltag seinen Widerhall findet. Dies vor allem bestätigt den Grundgehalt echter Dichtung, weil ihr Anliegen, wiewohl sie sich nie vom Irdisch-Dinglichen entfernt, nicht der Stunde zu eigen bleibt. Ich meine, daß in absehbarer Zeit noch Wesentliches von Franz Theuers Kunst zu empfangen sein wird. Das Burgenland hat nicht viele Dichter, die seinem Boden entstammen und in hochdeutscher Sprache von der Schönheit des Mutterlandes sagen. Hier, in Franz Theuer, hat es einen seiner Besten und es lohnt sich sehr wohl, seinem Wort zu lauschen.

PAUL ANTON KELLER